看灯谜·辨是非

红楼梦灯谜漫谈

王建新 著

凤凰出版社

序言

《红楼梦》是一部伟大的著作，作者曹雪芹以天才笔力，描写了贵族家庭里以宝黛为中心的各色青年男女命运，展示了大家族的兴衰变化。《红楼梦》未正式定稿之时，对其的鉴赏研究就已经开始了，如著名的脂砚斋。问世之后更是轰动一时，惊动内府，举国上下热议非凡，甚至编出这么一句“开谈不说红楼梦,读尽诗书也枉然”，可见红到什么地步。时至今日，对它的研究方兴未艾。要谈中国古典小说，绕不开《红楼梦》，甚至不夸张地说，《红楼梦》是中国古典小说叙事艺术的顶峰，至今无人超越。正因为《红楼梦》如此伟大，研究红楼梦的学问“红学”，很长时间内非常热门，出了很多著名人物。

从年轻时候接触《红楼梦》开始，我就一直对“假语村言”有所思索。小说是写出来供人阅读的，作者隐身其间，他的所有想法都要靠故事人物去展现，故事的文本，是我们接近作者的唯一途径。这条途径，是呈现在所有读者面前，无可遮掩的，曹公自己说“假语村言”，不过此地无银罢了，这样一部伟大的小说，怎么可能是假语村言？明明是字字血泪，句句有所指。如果以为曹公在故弄玄虚，对他留的线索不假思索，就很可能会错过其中许多的关键所指。关于《红楼梦》到底想说什么，隐藏在故事文本底下的真相到底是什么，几百年来人们已经说得够多，而每一代读者，甚至每个读者在不同年龄段对《红楼梦》的理解，以及不同的解读角度，得出的结论都是千差万别的，不断有新的说法出现，都是振振有词，谁也说服不了谁。对于这样一部作品，怎么解读都不为过，只要能自圆其说，经过几百年它还能不断刺激后人从中发掘出新的意蕴，正是说明了艺术作品一旦被创作出来，进入传播途径面向大众，其解释权已经不光属于作者了，它属于每个看到它的读者，它超出时间的恒久生命力就来自于后人的不断解读。鄙人升斗小民一个，游走市井之内，喜欢《红楼梦》几十年，有些自己的浅见。可能这些浅见在专业人士看来不值一哂，而我觉得《红楼梦》是属于我们民族的瑰宝，任何中国人都有解读它的权利，也有分享自己观点的自由。正如西方有句谚语说的："一千个人有一个千个人的哈姆雷特。"那么一千个人也有一千个人的《红楼梦》。

我眼中的《红楼梦》，是一部巨大的谜语书。这种印象并不是突然形成的，而是在长期的阅读和困惑中不断加深的。可惜我才疏学浅，虽有零星的感悟，却未能成系统研究，几十年来，写写猜猜，也只解得几个谜语罢了。有时说与人听，多当是妄言，多摇头皱眉不愿细听，遑论知音。痴人说梦也好，胡说八道也罢，《红楼梦》的作者都自叹："满纸荒唐言，一把辛酸泪。"用这两句形容我读《红楼梦》的历程，倒也是无比贴切了。退休以来，生活简单，对《红楼梦》的热情却不减灭。可能终此残生，也无法破解《红楼梦》中所有谜底，可仍然想分享这些年的感悟与大家。

这满纸荒唐言，我姑妄言之，大家也姑妄听之吧。

通靈寶石

絳珠仙草

目录

引子　难解《情僧录》

之所以说《红楼梦》是一部谜语书，并不是想开天辟地考证出另一个索隐故事，小说出自作家之手，必然带有作家过去生活的踪迹，这是不可避免的。作家敷衍故事情节有所指，也是叙事文学传情达意的手段。而我说的《红楼梦》可当谜语解读，是字面意思——整个《红楼梦》本身就是一个巨大的连环相套的谜。

《红楼梦》之谜，首先体现在名字上。小说第一回说："空空道人听如此说，思忖半晌，将这《石头记》再检阅一遍。因见上面大旨不过谈情，亦只是实录其事，绝无伤时诲淫之病，方从头至尾抄写回来，闻世传奇。从此空空道人因空见色，由色生情，传情入色，自色悟空，遂改名情僧，改《石头记》为《情僧录》。东鲁孔梅溪题曰《风月宝鉴》。后因曹雪芹于悼红轩中，披阅十载，增删五次，纂成目录，分出章回，又题曰《金陵十二钗》，并题一绝。即此便是《石头记》的缘起。"

可见在很长时间内，在作者"批阅十载，增删五次"的撰写历程中，《红楼梦》的名字几经改易，《石头记》是延用时间较长的名字，而《红楼梦》则是最后定型时所用之名。来分别看看前面这几个名字：

宝玉游太虚

1.《石头记》，顾名思义，贾宝玉这块通灵之石下凡历劫的故事。

2.《情僧录》，空空道人所改，蕴含色空之悟。

3.《风月宝鉴》，东鲁孔梅溪所题，因是看到书中风月故事，谓世人可以为鉴。

4.《金陵十二钗》，书中主要女子的人物命运故事。

与其说这是《红楼梦》的几个名字，不如理解为是《红楼梦》在形成过程中，几个不同版本的故事。稍有创作经验的读者自会知道，在撰写小说时，未定型的故事，稍加改动，呈现出来的寓意和相应的阅读效果，将天差地别。正如现在某些新潮的电影，有时会拍两种甚至三种结局，或者剪辑成不同版本，上映是一个版本，还会有导演剪辑版。同样的故事大纲，同样的人物，同

金陵众钗

样的时间地点，稍加调整组合，就变成了完全不一样的东西，引得影迷津津乐道。《红楼梦》也是如此。这几个名字里，《石头记》是以贾宝玉为故事主线人物的，《风月宝鉴》是以风月恋情故事为主体的，《金陵十二钗》是以女孩子们为主线人物的，读者都能轻易理解与故事人物的关系如何。

唯独《情僧录》，却是一个名为“空空道人”的小说人物所起。空空道人是什么人呢？他本是访道求仙的道人，因缘巧合遇到已经游历过人间的石头，听了故事看了故事，又被石头说道一番，就心神动摇被点化了，不仅颠覆信仰改投了佛门，还自称“情僧”，将自己抄录的小说版本改名《情僧录》，改动的恐怕不止是名字，还包括部分内容（书中提到空空道人对石头故事的检阅）。这太奇怪了。

空空道人是谁？为何要改《石头记》作《情僧录》？《情僧录》故事又是怎样一个故事？小说并没有说明，只给了上面那段话。值得注意的是，这段关于《红楼梦》名称和故事面貌变迁的交代说明，是小说中唯一的一次，而占说明篇幅最多的，就是《情僧录》的由来，显然里面大有文章，我们分别来解读下。

第一个信息——“空空道人传书”。我们首先看字面意思，不论作者在文字下面藏着多深的玄机，文本永远是我们解读的第一步。《红楼梦》里的人名，已经被人解读太多，各种谐音所指，各种组合成文，如女子名字上，秋纹对碧痕，绮霰对晴雯，檀云对麝月，袭人对媚人，好看得紧。这个空空道人，名字本身就奇怪。道家体道，追求神仙之术，而“空”则是典型的佛教概念，一

一僧一道

个道士名叫“空空”，杂糅了佛家的概念，什么也没有，这是注定要皈依佛门了。空空道人传书，传的就是《红楼梦》此书的人物和情节。

一般小说，都是用语言塑造人物形象，反映社会生活。因为塑造的人物形象太成功，读者一般很自然会将人物与作品联系起来。比如我说林黛玉，你便知道我在说《红楼梦》；我提诸葛亮，你知道我在谈《三国演义》；我说倒拔垂杨柳的鲁智深，你便知道我在说《水浒传》；而我说孙悟空，你就知道我在说《西游记》了。但我说空空道人，很少有人知道我在说《红楼梦》，而空空道人传的，真的是我们看到的《红楼梦》么？要彻底弄懂这个信息，我们要接着往下看。

第二个信息——“因空见色，由色生情，传情入色，自色悟空”。这是相当禅机的一句话了，单看上去，像是佛门的偈子，包涵了深刻的对人世超脱的理解。而换个角度，如果将这几句作为谜面，前面的“空空道人传书”作为谜目，则可猜谜底即为“灯谜”。空空道人，纸糊的灯笼内中空空，上写谜语，即为“传书”。这个灯笼怎样呢，因空见色，因为中空才透出颜色；由色生情，美妙造型的灯笼引起人们各种情感；传情入色，人们将种种感情都寄托在灯笼幽幽的烛光里；自色悟空，这摇曳的烛光正因为有着一定的中空才得以形成。结合上一句空空道人传书，可不传的就是灯谜之书？

第三个信息——“遂易名为情僧”。空空道人为石头的故事和一番话所感动，居然改名为

"情僧"。情僧是谁？又有情，又为僧，或有读者目为射贾宝玉。的确，书中的宝玉形象，是个有灵性的情痴，最后又是出家的结局。从这种意义上，《情僧录》这个题名，其实和《石头记》是相通的。而再思忖一番，会觉得也有不妥，高明如作者，是不会起两个相似意义的名字的。如果是意指贾宝玉传，那《石头记》就足够，顽石意象与悟空情痴，虽不相犯，却也不用另起炉灶。况且这位空空道人，文中明言是个大智若拙的角色，甚至在第一遍看完石头故事时，并不十分欣赏，反而以世俗的评判眼光评论一番，倒是历劫后开窍的顽石启发了他。那这位情僧，我们权且假定不是宝玉。现在再回头看几个书名：《红楼梦》《石头记》《风月宝鉴》《情僧录》，如果真的是成书过程中的不同版本，各有意旨，那名头最小的《情僧录》，其故事是情僧抄录的故事，曰“空空道人传书”，书中“琴声”袅袅，曼妙非常，正是作者的烟云手法，缥缈难测了。

也许，“情僧”未必是真的有实在的意旨。虽说小说中的人物都是作者创作出来的，自有命运安排，一僧一道暂且不说，乃是重要的引子人物。情僧一角则让人摸不着头脑，唯独他与故事中人物并不牵连，而只关乎作品流传。之前第一次见石头，抄录一番，此时石头已经历劫完。等到故事结束，空空道人又再次出现，并感慨上次抄录的时候“未见返本还原”，这次下凡“磨出光阴，修成圆觉，也可谓无复遗憾了”，最后乃是他将《石头记》带到曹雪芹处，了结公案。读者会很奇怪，空空道人第一次见石头，已经是历劫后的石头，如何再能历劫一番，难道所传情节又有改变？且空空道人之前已经大彻大悟，遁入

大荒山

空门，改名为“情僧”，结尾处又变为“空空道人”，丝毫不提起“情僧”之事。其实这正是作者批阅十载、增删五次的痕迹。长篇小说的创作，头绪繁杂，写作和修改的时候随时有新的想法冒出来，誊录的时候也是随手增删。“情僧录”故事正是在修改过程中被覆盖了。

《情僧录》是空空道人所传书，《石头记》也是。第一回说《石头记》乃假语村言，真事隐去，如梦似幻。两者既然文本为一，则《情僧录》亦是假语村言，真事隐去。以如此缥缈手法创作的《情僧录》，如今也是自身面孔模糊，纷纭难测了。笔者认为《红楼梦》本身就是个庞大的谜宫，“情僧录”这一关，让笔者思忖了许久，直到开始解《梅花观怀古》谜题，才觉得隐约有拨云见日之感。“情僧录”，实是“琴声录”吧。

第一篇 《梅花观怀古》灯谜解读

《红楼梦》中谜语谶语特别多，有一处最为奇特，即五十一回薛宝琴所制十首怀古诗灯谜。

《梅花观怀古》灯谜诗猜测

第五十一回，见多识广的薛宝琴以素昔所经过各省内古迹为题，做了十首怀古绝句，内隐十物，大家见了皆说："这自然新巧。"文中却并未点出谜底。有人说曹公忘了，偌大一部皇皇巨著，难免顾此失彼，其实则不然。"披阅十载，增删五次"，作者又是极善于以谶语、谜题暗示人物命运、故事走向的高手，怎么会这十首一直没有发现给出答案？薛小妹制怀古诗前，热闹了半天，屡屡提起冬日梅花，则我们先看这最后一首。

梅花观怀古　怀古绝句其十

不在梅边在柳边，个中谁拾画婵娟。

团圆莫忆春香到，一别西风又一年。

《梅花观怀古》，说是怀古诗，其实并不算，《牡丹亭》毕竟是汤显祖杜撰的文学故事而已。在影射层面，有说是预示薛宝琴本身命运的一首诗。梅花观又名纯阳宫，在湖州城南，始建于嘉庆年间，为江南地区的道教圣地。明代汤显祖《牡丹亭》中杜丽娘思春游园，梦中结识书生柳梦梅，并与之云雨一番。醒后相思成病以致香消玉殒，死前自画写真，藏于梅花树下，后建梅花观。神奇的是，三年后，梦中的书生竟然真的前来，住在梅花观，丽娘的鬼魂与之相会，最终一灵不昧、死而复生，和命中有缘人喜结连理。在汤显祖那里，梅花观见证了一段浪漫的爱情故事。薛宝琴作此诗，被林黛玉拿来调谑，一方面说明了宝琴也是性情中人，涉猎广泛；另一方面，曹公也是借此交代了下薛宝琴的归宿。薛宝琴本是许了梅翰林的公子，可惜最终没能成就婚姻，故曰“不在梅边”；而“在柳边”，可能最后与柳湘莲有姻缘或者别的姓柳的男子，书中并没有点明，只能靠猜测为之。“个中谁识画婵娟”，意谓究竟谁才是薛宝琴的姻缘呢？“团圆莫忆春香到”，最终兜兜转转在一起的时候，当初身边人不知去了哪里，那个绮丽春天的回忆也逐渐消散。“一别西风又一年”，说的是，萧瑟秋风里，人生如转蓬，今夕何夕，分别又是一年了。整首诗充满命运的无奈和感怆，运用诗歌来预示人物命运，是曹雪芹惯常的做法。

柳梦梅

亦有人说是影射林黛玉。林黛玉个性高洁，却不似寒梅能傲雪凌霜，面对“风霜刀剑严相逼”的生存环境，她自伤不已，故曰“不在梅边”。自幼体弱，行动处如弱柳扶风摇摇摆摆，故曰“在柳边”。个中谁拾画婵娟，十二金钗皆入画，个中人正是宝玉，“曾见过这个妹妹”，自是夙世所见。团圆莫忆，不仅是说林黛玉自从进贾府后，就再难与家人团圆（除了林如海染重疾时回扬州一次外），也是在说此生与宝玉很难团圆。转眼西风又到，婚事却始终遥遥无期。说此诗是说林黛玉的，可能更注重的是杜丽娘“生生死死为情多”的特质与黛玉的契合。林黛玉是个“情情”之人，才华横溢见识不凡，却唯爱情至上，为情而生亦为情而死，为情所苦又一往情深，为前世的一段情缘用一生去还泪。杜丽娘则为一段梦中的邂逅相思而死，又因梦中情郎来到，勇敢地在

黛玉

地府里抗争，还魂复生。如此说来，亦可通，读者自可有其他的想法。

本文主要是解谜语，故影射人物层面的意义，先按下不表，在谜语层面，则想细细考究一下。宝琴自己说谜底是“浅近的俗物”，后人已有分晓，有射“扇子”的。不在梅边在柳边，是说扇子在隆冬季节是用不上的，春夏期间才会与人见面。“画婵娟”一句，很多扇子上亦有仕女图。“团圆莫忆”，班婕妤曾作《团扇诗》，中有“裁为合欢扇，团圆似明月”。“一别西风又一年”，秋风又起，扇子又该收起，又是一年过去了。笔者不才，自忖曹公当不会只射一个小物，权且斗胆胡说一番：

首句“不在梅边在柳边”是说，“不”这个字在梅边也在柳边，指“木”字，因“木”去了头是个“不”字，恰好在梅边也在柳边。

第二句，第一句的“不”字拆解为“一个”。“个中谁拾画婵娟”意为：个中不就是你柳梦梅一个人拾得画婵娟吗?

第三句“团圆莫忆春香到”：与你柳梦梅相会时不要去想丫环春香会在现场，丽娘是独自前往与你幽会。

第四句“一别西风又一年”，着重强调一年一度相会之约定。

首两句强调“不”→“一个”，三、四句强调私密性。故《梅花观怀古》灯谜诗的谜底可能还有一重——私单。

何谓“私单”？即柳梦梅去见丽娘，两人是私下单独约会的，所谓偷期密约是也。

柳梦梅与杜丽娘之“私单”幽会

熟悉《红楼梦》的读者会觉得“私单”很眼熟，是的，私单是《红楼梦》中一个重要道具，也是初步向读者铺展金陵四大家族权势，拉开故事帷幕。“私单”的正式出场，是在第四回。贾雨村的门子说：“如今凡作地方官的，都有一个私单，上面写的是本省最有权势极富贵的大乡绅名姓，各省皆然。倘若不知，一时触犯了这样的人家，不但官爵，只怕连性命也难保呢！——所以叫做护官符。”也即《梅花观怀古》射的谜底是护官符。

二、护官符谜底猜测

我们先看下护官符的本体：

贾不假，白玉为堂金作马。

宁国荣国二公之后，共二十房分，除宁荣亲派八房在都外，现原籍住者十二房。

阿房宫，三百里，住不下金陵一个史。

保龄侯尚书令史公之后，房分共十八，
都中现住者十房，原籍现居八房。

东海缺少白玉床，龙王来请金陵王。

都太尉统制县伯王公之后，共十二房，
都中二房，余在籍。

丰年好大雪，珍珠如土金如铁。

紫薇舍人薛公之后，现领内府帑银行商，
共八房分。

四大家族，每个都气势恢宏，威风八面，单独拎出来金陵城都要抖三抖。这首市井皆知的打油诗堪称本地豪门指南，四大家族的威赫势力首次在书中集中显示出来。字面意思，自然是各个家族如何气焰熏天不可一世，而仔细看后面小字所注各家族分房情况，则似乎还有些玄机在其中。通揽全书后可知，后面故事情节，与此处各分房几乎无干系。若说作者是随手写来，修改过程中则不会一直保留。这些文字在一些版本中已经被删去，想必早期作者自己的手稿中，还是存在的。学界的主流一直坚信作者是曹雪芹，四大家族的贾家，就是康熙朝炽手可热的曹家，其他几个家族，大约对应与曹家有联姻关系的苏州织造李家等。这个说法笔者并不同意，曹雪芹生平至今没有完整勾勒出来，他究竟是谁至今仍有谜团。按明清时期作家重诗文轻小说戏曲的习惯，大多用笔名，或冒用假托名人，“曹雪芹”或许也是假托之名也未定。至少，没有决定性证据证明他与江宁织造曹家的关系。笔者无意考索小说作者，对反复提及的分房情况也不想多说，这里就单单谈一下护官符吧！

贾府门前石狮

护官符本身，抛却每一句对家族势力与财富的极尽渲染之外，从整体看，充满着奇妙的建筑空间感。自然，古人介绍大家族，离不开对宅邸的描画。所谓雕梁画栋，屋宇成云，才能显出家大业大。但护官符中对屋宇的描写却透着古怪。

贾家，“白玉为堂金作马”，玉石铺就的厅堂，还有金子铸的马，还是在堂前，富贵是富贵了,但这是活人住的地方么？分明是个豪华墓室。

再看，三百里阿房宫，在建的时候秦始皇驾崩，秦二世胡亥遂将所有在阿房宫工事上服役的刑徒都调往骊山陵。之后阿房宫在停工与施工之间反反复复，最终在秦二世自杀后完全停工，直至秦亡，后据说项羽下令烧毁。阿房宫命运多舛，大则大矣，却始终伴随着不祥的阴影，造它的工匠也动辄被调走修建始皇的陵墓。

第三句，东海缺少白玉床。什么人才睡白玉床？床从“木”，古人的床都是木质的，有钱人家的床会雕花镶嵌，金漆彩油，镶嵌之物有玉石、宝石玛瑙、螺钿珐琅等宝物，豪华的一些架子床、拔步床等，都是金碧辉煌。但这些床仍然主体是木头，从最早开始出现“床”的时候，它就是用木头制作的。玉石这么冰冷的床，是大活人不会睡的，会着凉生病。写到这里，笔者想起金庸笔下的小龙女睡的那张床，而小龙女所在是什么地方？“活死人墓”！ 这威风的护官符，看上去金光闪闪，莫非明写家族势力，暗写陵墓豪华？金陵城里这样豪华的陵墓，所指再明确不过，正是明孝陵。

探春

读者看到这里，一定会嗤笑笔者闭门造车，胡言乱语。笔者的确没学问，不知这样解是否会贻笑大方，但笔者还有另外的证据，还是要看灯谜诗，这次我们看薛宝钗的灯谜诗。

三、薛、林之呼应

第五十回里，宝钗念了一首诗：

> 镂檀镌梓一层层，岂系良工堆砌成？
>
> 虽是半天风雨过，何曾闻得梵铃声？

这首灯谜诗，作者没有给出答案，两百年来各种猜测莫衷一是，且容笔者拆解一番。

第一句，谜面“镂檀镌梓一层层”，这句打一字。为什么是打一字而非打一物呢？因为所“镂”所“镌”的不是纹饰就是字，从猜谜的角度看，拆字更为合理。这句的谜底，即是“林”字。“檀”“梓”二字，分别被镂去一层镌去一层，则剩了两个偏旁“木”，合起来就是“林”。

第二句，谜面“岂系良工堆砌成”，我们仍然拆字。“岂系良工”，则不是良“工”，我们按照第一句的镌、镂之法，给它抽去“工”中间的一杠，是个“二”。第三句“半天风雨过”，“半”去掉一半，则是“小”，小与二组合为“示”。结合第一句，林示，正是“禁”。印证以第四句，声音不闻，亦在阐释“禁声”之禁。

字拆出来，我们再来看所射之物。宝钗灯

谜没有交代“猜物”的范围，我们根据前两句字面可以推测，提到良工，又有雕镂有堆砌，应该是个建筑物。与禁字有关的建筑物，莫不是“禁宫”？再往下看：“虽是半天风雨过，何曾闻得梵铃声？”这个禁宫很蹊跷，虽然雕梁画栋一层层，美得像天工造作而成，却半天风雨过去，听不到一丝梵铃声。哪里才这样了无生机？正是帝王陵寝——地下的禁宫啊。任世上风云变迁，地下的岁月是静止不动的。

为了印证我们的猜测，宝钗还有进一步的提示，她提到“林示”，林即林黛玉，意思是要林黛玉接着她的谜再设谜题，我们便暂时忽略过宝玉所做的那首“天上人间两渺茫”，先来看看林黛玉的灯谜诗：

騄駬何劳缚紫绳？

驰城逐堑势狰狞。

主人指示风雷动，

鳌背三山独立名。

“騄駬”是周驸穆王的马名，泛指天马良驹。这种马跑起来风驰电掣，难以束缚、情势狰狞。主人一声指示，则风雷随行，天马行空。到这里诗意是连贯的，唯有最后一句突兀。“鳌背三山独立名”，鳌是一种海里的大龟或大鳖，乍一看和上面的天马、主人、风雷并无关联。鳌背三山，是说传闻鳌背上有三座仙山：蓬莱，方丈，瀛洲。“独立名”，背着三座仙山的鳌，独独立着一个名字。名字是谁？我们再看下，鳌，到底什么生物呢？它还是龙之九子的老大，相传“龙生九子，鳌占头”，为龙头，龟身，麒麟尾。龙生九子的另一个版本里，龙还有一个儿子叫霸下，又叫赑屃、龙龟等。形似龟，好负重。霸下的造型是龙背上背着一个龟壳，通常用来驮碑，也有霸下背负三山五岳的说法。造型和喜好都如此相似，则霸下和鳌应该是同一种动物，在上古神话里身姿缥缈，如今留存的古建筑物里通常用来驮碑。则“独立名”就迎刃而解了，意味鳌背上驮着一个碑，独独刻着一个人的名字。能用这种规制碑刻的，只能是帝王将相了。

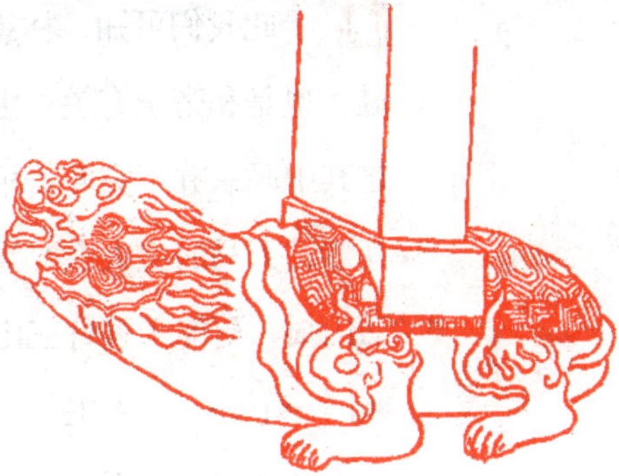

鳌背驮碑

于此我们可知，林黛玉的诗谜暗合了宝钗的谜，也是和帝王有关。由“主人”而“帝王”，这其中联系并不突兀，单看“主人”，有些莫名其妙，天马的主人么？为什么还能呼风唤雨，地动山摇，更能于鳌背三山上独立己名？而只需要颠倒一下——“人主”，我们便豁然开朗，天下人所共主也。主者，君也。

与宝钗侧重帝王陵寝不同，黛玉的诗更侧重帝王圣令的雷厉风行。如果说宝钗的诗侧重于“静”，则黛玉的诗侧重于“动”。整首诗气韵流动，声势非凡，通过天马横空出世，驰骋莫挡，主人指示，风雷随行，营造出了奔腾浩大、肃穆威严、声音画面都有冲击力的场景，最后一句鳌背驮碑在这样的场景中登场，顶级排场了。

主人，或是帝王，或是帝王的代言人，下旨则风雷掀动，到底下的什么旨意，或者只是证明身份？

黛玉只是点到为止，并没有往下发挥，而是在关键人物登场后戛然而止，雷声大雨点小。这又是林丫头的促狭之处了：宝姐姐的谜题我接住了，接下来看你们怎么接。更深一层又是作者的手段：围绕着宫殿、帝王兜圈子，却引而不发，全凭读者去猜。

我们可以继续往下看。

第二篇 薛宝琴《交趾怀古》诗灯谜

说完了薛、林二位的诗，让我们回到宝二姑娘的灯谜诗。

前面说到帝王下指令，宝琴所做的十首怀古诗里，与此联系最紧密的是第二首《交趾怀古》：

铜柱金城振纪纲，声传海外播戎羌。
马援自是功劳大，铁笛无烦说子房。

铜柱金城振纪纲："铜柱"在中国诗歌中是有特殊意义的，不是普通的铜所铸的柱子，最常是指汉武帝为求长生而铸造的铜柱，立于建章宫，高二十丈，上有仙人掌承露盘，故又称"金铜仙人"。又东方朔《神异经·中荒经》："昆仑之山有铜柱焉，其高入天所，谓天柱也。"可见铜柱与仙人、帝王紧密相关，是一个彰显权威的象征。“金城”是汉代地名，有说法即现在的兰州。之所以叫“金城”，是说兰州地势群山环绕，易守难攻，固若金汤，故名金城。又说因为筑城时挖出过金子。金城在汉初置县，之后一直是中央政权与周围少数民族政权拉锯战中的重要堡垒，亦是象征帝王权威无远弗届。铜柱与金城，高大的巨型铸造物和边塞重地，看起来不相干，在国家层面上却都是整顿纲纪、维护中央权威的重要象征。

声传海外播戎羌：这句很好理解，中央政权的权威，靠立于建章宫与天人交流的铜柱彰显，还靠西陲重镇固若金汤的金城彰显，声名远播，海外流传，戎羌部族也知道畏惧。

马援自是功劳大：马媛是西汉末至东汉初的

著名军事家，东汉的开国功臣之一。王莽新朝末年，天下大乱，时马援为陇右军阀隗嚣的属下，甚得隗嚣的信任。后归顺光武帝刘秀，为刘秀统一天下立下赫赫战功。东汉立国后边疆不宁，马援虽已年迈，但仍请缨东征西讨，西破羌人，南征交趾，官至伏波将军，因功封“新息侯”。此是为“交趾怀古”点题。

铁笛无烦说子房：张子房即张良，亦是汉初功臣，刘邦的得力助手，在汉初政权中留下了浓墨重彩的一笔，被封为“留侯”。此句是以张良的功劳来比马援。马援镇压交趾后，在南征途中病死。崔豹《古今注》：“《武溪深》，马援南征时作。门生爰寄生善笛，援作歌以和之。”铁笛所吹即是说这首《武溪深》，即言马援的功勋是如此卓著，不需要以笛声传唱他的诗作，他的名声也会如张良一样彪炳千古、流传后世。

此诗说帝王开疆、武将功勋，强调一个“声”。且说的是开国事，则是暗示贯穿钗黛诗谜中的禁宫、帝王是开国君主，且声明卓著。宝钗为金，黛玉为木，金口木舌为之传颂，天下震动，塞外归属。这样的身份，又与金陵相关，答案已经呼之欲出了，正是明太祖朱元璋，则宝琴所指，即明孝陵。此谜底即为明孝陵往事。也即薛宝琴的灯谜诗，隐隐呼应了宝、黛二人，并互相补充线索以完成谜底揭晓。

明孝陵到底有什么蹊跷呢？在南京明孝陵碑殿内，至今还矗立着一块高大的石碑，上题“治隆唐宋”四个大字。众所周知，清代皇帝对中原文化十分推崇，对唐宋时期的天下大治十分向往，并有信心能够比肩甚至超迈。清初皇帝留下的诗文中，时常提起唐宗宋祖，这一方面是积极融入中原汉人文化以确立文化上的正统地位，一方面也是自我定位如此。这块“治隆唐宋”碑就是由康熙皇帝御笔亲书而令曹寅建立的，表面上指称朱元璋，实则有自比之意。碑殿内还有张玉书的卧碑《驾幸江宁纪恩碑记》，碑文上镌刻有康熙皇帝的《制碑圣旨》，圣旨云：

朕御书“治隆唐宋”四大字，交与织造曹寅置匾，悬置殿上，并行勒石，以垂永久，钦此。

当日的曹寅，在接受康熙皇帝的制匾圣令之后，将会怎样勒石制匾，悬立殿上呢？显然，康熙的本意是要曹寅将御书的“治隆唐宋”制作成匾，悬立殿上，再另行勒石纪念。而曹寅最后是直接制成了石碑立住了，是因为觉得碑石比匾额保存时间更为永久，更能实现康熙希望能“以垂永久”的期许，又或者有其他变故，不得不制作成石碑，现在已经不得而知。

有趣的是，曹寅这样算不算违抗圣旨呢？不管石碑做得如何豪华好看，雕琢精良，纹饰精细，总归不是皇帝要求的“置匾，悬置殿上”。其实，去过明孝陵并仔细研究过这块碑的人便可发现，曹寅是有设计在内的。

“治隆唐宋”碑是在一个屋宇之内，下有类龟者物驮之，旁边还有两块写满小字的碑文，这两块字碑也不是立在地上，而是分别立在雕龙柱础之上。现在的“乌龟”头部是比较小的，与外面四方城的“神功圣德”碑区别很大，神功圣德碑那只驮碑的霸下，头部明显更大。后我看到一些晚清的老照片，才知道原来治隆唐宋碑下面的霸下，头也是比较大的，器宇轩昂，和神功圣德碑那只相貌如出一辙。则目前我们可以看到的治隆唐宋碑的霸下，是残损之后经过修复的，无怪乎头很小，真像个乌龟了。从原先的老照片看，治隆唐宋碑被霸下驮着，旁边则是刻了小字的其他碑刻,当就是现在立于治隆唐宋碑两侧的石碑，周围还有柱础，说明原先的几个碑，应该是在一个较大的殿宇之内，殿宇在清末已经被毁。我们现在看到的几个碑，位置摆放来说，尽量保持了原先的布局，只是为了更好地保护碑，砌墙框住了它们，殿宇是肯定小了些，但基本形制还是能看出当初的样子。交代完了治隆唐宋碑的基本情况，我们大概能猜测出，曹寅是让治隆唐宋碑成为一个“匾额”了，立在屋宇中央，两边以小字碑文为“对联”，可不正是匾额对联的放法么？否则，一般是不会把碑放在屋内的，还是这么几块大碑。将康熙御笔亲书的“治隆唐宋”“以垂永久”，以石碑形式制作了“牌匾对联”悬在合乎帝王规格的霸下背上，曹寅这个差事办的，真是无可挑剔了。

“治隆唐宋”碑示意

荡开一笔，金口木舌，在《红楼梦》中，亦可指贾雨村。红学领域对贾雨村之释名众多，皆以“假语村言”解之，与甄士隐之“真事隐去”相对成文。贾雨村名化，字时飞，别号雨村，湖州人士。中国文人好用谐音，又是“假话”，又是“假语村”，又是“胡诌”，显是作者将假象隐蔽到这个人物的身上。我们看下贾雨村的行迹：他本是官宦之后，家道中落后，在姑苏城葫芦庙安顿，每日卖文作字为生。后经甄士隐相助，好容易中举做官，又因贪酷徇私被革职。机缘巧合受聘为林黛玉的启蒙老师，由此和贾家扯上关系，判了个葫芦案后，从此平步青云。在后面故事中，还时常露面，深得贾政信任。而甄士隐，则是书的开头出现了下，很快随一僧一道了悟去了，又在八十回末出现点题。如果故事为“假”，贯穿全书的线索人物贾雨村果然是“假语村言”，了悟是真，故甄士隐所隐喻的骨肉分离、家道中落、了悟出世的结局，是“真事隐”。问题来了，不管是四十回后为续作，还是作者写了全本，从基本方向上看，这两者其实是没有区别的。就像太虚幻境里的红楼梦曲一样，虽是在幻境中，其实是命运的寓言，后来果然一一应验。贾宝玉虽不知，读者却是心知肚明。对贾雨村和甄士隐来说，他们根本不是真与假的对立，抛开品行层面的虚伪假面与真诚善良，在叙事功能上，他们对整个情节的意义区别在于一个是亲身预演，一个则是随同旁观，何来真假之辩？

更深一步说，《红楼梦》故事里，作者处处写真假对立，最出名就是那副对联：“假作真时真亦假，无为有处有还无。”可诸位仔细想想，作者假假真真的把戏玩了那么多，最后是不是想写的一样没落下？甄士隐的不幸经历，作为主要描写对象，镜头聚焦的贾府，哪一样是少了？骨肉分离、家道中落、了悟出世，处处是悲剧，这个从故事开始就显了败相的大家族，悲剧是成堆成片出现的，从败相初露到家破人亡，到轰然中塌，势不可挡，后几十回展示的是真正祸不单行。哪里有真假？根本从头到尾就是真相。作者那句“假语村言”，其实是说了一个所有人都知道的谎话啊。

作者如此良苦用心，他在《红楼梦》故事展示了家族命运败落的真相，被抹去的《情僧录》，在康乾盛世中敢点明孝陵，那是无论作者说多少句“假语村言”都不可能被忽视的，被抹杀也就不奇怪了。

第三篇　“明孝陵”灯谜谜团

好好的闺阁女儿，为什么突然提到“明孝陵”？虽说怀古诗这一题材，容易关涉历史人物和事件，但是三个人同时暗指同一事物，还是挺令人纳闷。尤其是薛宝琴，十首灯谜诗里，《梅花观怀古》提示我们留意“私单”，私单的谜底之一即“龙陵宫”，上面一首《交趾怀古》，更是直指明孝陵。我将该段情节反复研读多年，渐渐有些明白领悟。

“明孝陵”是禁宫，该段前后情节是十二钗等以诗词灯谜频繁互动，十二钗中谁与明孝陵或曰“禁宫”有关系？不是宝钗，虽然宝钗是有选秀的经历，宝琴却不大可能写谜编排自己姐姐，况且前面宝钗自己也做灯谜射之。也不是探春，探春虽做了王妃，但是远在海外。亦不可能是元春，虽是当朝的宠妃，却与宝琴并无交情，宝琴也没有那个胆量。还有谁呢？答案是李纨。

桃李春风结子完——李纨

一、李纨其人

李纨是金陵名宦之女，父亲李守中曾为国子监祭酒，书香传家。李守中认为女子以纺绩女红为要，故女儿名纨，字宫裁。“裁”对应的是名字中的“纨”，而“宫裁”为字，就很奇怪了。文人取名字，务求雅致祥瑞，李守中还是国子监祭酒，怎么取了“裁”这么一个与尖锐利器相关的字？裁衣料的不就是剪刀么？还是宫裁，官方制裁？什么是官方制裁，可不就是圣旨么？可不就是“铜柱金城振纪纲，声传海外播戎羌”么？可不就是“主人指示风雷动”么？我们再看回目名称——“薛小妹新编怀古诗”，这些怀古题材，虽是旧年所经历，却是刚刚作出，联系上文有所指代是完全可能的。可为什么宝钗、黛玉、宝琴要针对李纨呢？并不是没有因果。

前面的第五十回，说的是“芦雪庭争联即景诗 暖香坞雅制春灯谜”。这是极雅致的场景，花团锦簇的少男少女，在庭院中即景联诗，又热闹地制作灯谜，妙语连珠，欢欣舒畅，像冬日的红梅，散发着美好和温度。读者每看到这一段，大约都是嘴角含笑，深深陷入到当时的场景去，不由得跟着主人公们雀跃。然而，看似一团和气的屋子里，实则暗潮汹涌。

《红楼梦》中几次组诗社，互相酬唱，暗地比较。到这里，多了几个人物，李家姐妹李绮、李纹，邢岫烟，以及一枝独秀的薛宝琴。邢李等人，才貌均不及年纪幼小的薛宝琴，而薛宝琴，说起来是亲戚关系里距离贾府最远的。毕竟李家姐妹是贾府少奶奶的堂妹，邢岫烟是邢夫人的侄女，而薛宝琴则是王夫人的姐妹薛姨妈的侄女，等于是贾府亲戚的亲戚。偏偏是关系最远的这位，进府做客后最得宠，除了美貌才华，其纯真可爱的个性也是十分讨喜，贾母都动了要讨来做孙媳妇的心。李家姐妹进府，是李纨的寡婶来投奔李纨，希望能借由贾府的声势，为两个女儿谋下半生托付。邢岫烟进贾府，自然也是要投靠邢夫人，可惜邢夫人是个愚犟之人，即蠢且贪，连自己儿女都不管不顾，怎么会管这个侄女。李纨不同，对这两个落了下风的妹妹，她是有些上心的。

李纨其人，算是金陵十二钗中存在感最弱的，就算是襁褓出场的巧姐儿，都因结缘游园成名的刘姥姥而时常被念及，只有这个端庄无趣的寡嫂，不论在贾府还是大观园的女儿国中，都不出彩。唯一人生高光时刻就是儿子贾兰中举，而根据判词，贾兰中举后不久李纨也就谢世了。其生活到底怎样，作者没有过多着墨，毕竟《红楼梦》中出色的女儿太多，不可能色色都浓墨重彩去写。李纨这样的人物，在花团锦簇中适合当背景。主线故事中，李纨是背景，而若我们从李纨的角度看，她也有自己的丰盈和色彩。以李纨的家世，配贾府算是门当户对，琦年玉貌时嫁给荣国府的嫡长子，地位尊崇无需多言，兼品貌端正、知书达理，是大户人家中意的操持内务之选。

《红楼梦》中，凡是列举贾府的众女眷，其顺序非常考究，长幼尊卑皆有序，如第十六回贾元春才选凤藻宫时，“邢王二夫人、尤氏、李纨、凤姐、迎春姊妹以及薛姨妈等，皆聚在一处打听信息”；十八回元妃省亲，与贾母、王夫人哭成一团，“邢夫人、李纨、王熙凤、迎春、探春、惜春等，俱在旁垂泪无言”，侍奉宴席，亦是“尤氏、李纨、凤姐等捧羹把盏”；第二十一回掌灯时众人看望贾母，亦是“王夫人、李纨、凤姐、迎探惜姊妹等”这个次序。后面虽偶有变动，但大部分时候，尤其是在正式场合，李纨的排位是要在众姐妹之前的，包括王熙凤，仅次于邢、王两位夫人和宁国府年长于她的尤氏。也就是说，在荣国府同一辈分里，她的地位是要高于王熙凤的。这样的李纨，在丈夫贾珠在世，又顺利诞下男丁之时，当是有自己的一番野心的，不出意外的话，她该是下一个王夫人。而她的命运轨迹，在贾珠去世后完全改变了。

李纨与贾兰

那样的一个时代，丈夫早逝对一个年轻女人的打击是致命的，她的梦想、她的未来，统统破灭了，唯一缥缈的寄托，就是渴望“母凭子贵”。我们已经无法看到李纨如桃李春风般鲜妍可人的样子，她出场就已经是“青春丧偶，且居处于膏粱锦绣之中，竟如槁木死灰一般，一概不问不闻，惟知侍亲养子，闲时陪侍小姑等针凿诵读而已”。然而，李纨真的是如槁木死灰么？

诚然，在王熙凤的才干心机下，纵然贾珠在世，以李纨的厚道个性，也恐怕休想和凤辣子争权。但无论如何，也会在内宅的权力核心里，不会像现在这样，整日里除了教导贾兰、侍奉尊亲，就是带着一群小姑子诗和远方。好容易王熙凤病倒，得了和探春一起协理家事的机会，手软心慈，全无手段，风头又被探春出尽。但人非草木，李纨当然有自己的心绪。青春丧偶，对丈夫贾珠自然是悲苦思念。三十三回宝玉挨打，王夫人为救宝玉，口口声声喊着贾珠名字，别人尚可，李纨早哭成了泪人。又如中秋时提到凤姐房里的平儿，她又想到大爷在时也是有几个妾室，已经全都打发，说着又眼圈红了。八十八回处，贾母夸奖贾兰，想起贾珠不禁泪下，李纨原先忍住，后面也不禁扑簌掉泪。丈夫已经去世多年，外面提起尚不自胜，背地里无人处的苦楚自可想见。

除了思念亡夫，她对处处高她一头的王熙凤也偶而借打趣略略讥讽，如第二十七回小红在凤姐面前卖弄口齿伶俐，凤姐表示赏识，她笑道："都像你泼辣货才好。"第三十九回，平儿过来拿螃蟹，拿完就要走，李纨扯住不让："偏不许你去！显见得你只有凤丫头，就不听我的话了。"

打趣之余，也未必全然玩笑吧。平儿留下后，李纨又揽着笑道："可惜这么个好体面模样儿，命却平常，只落得屋里使唤。不知道的人，谁不拿你当做奶奶太太看？"又连夸鸳鸯、袭人等，把平儿抬得如此高，固然是漂亮话，未尝不有挑拨凤姐平儿关系的小心思在。

平心而论，李纨对众姐妹还是很好的，有长嫂的气度，处处维护。创作才情虽平庸，鉴赏水平却高超，在组织海棠诗社菊花诗社的过程中，一力主导，又是起雅号，又是定品级高低，的是公允，是名副其实的"社长"了。林黛玉魂归离恨天的时候，身边送她的人就是李纨。甚至对处处压她一头的凤姐，也是有体恤和恻隐。第四十五回连凤姐自己都说，"往常你还劝我说，事情虽多，也该保全身子，检点着偷空儿歇歇"。

王熙凤

平儿

李纨对平儿等也是亲厚，平日搂着肩亲热说话，之后凤姐撒泼殃及平儿的时候，就是李纨带她远离了是非之地躲到园里，又收留她一晚。

二、芦雪亭风波

这样有七情六欲的李纨，即使其光彩被其他众钗所掩，我们却能通过通览全书看见她丰富的内心世界。这个有点小心思的厚道老实人，是怎么得罪宝琴等人的呢？还是要从李绮、李纹进大观园说起。李纨的婶母亦是守寡，李纨自然同病相怜，要对她寡婶和两个妹妹多加照拂。前面说过，一起来的姐妹几个，薛宝琴最是一枝独秀，又被王夫人认了干女儿，众星捧月一般。邢岫烟虽家中贫寒，却得了王熙凤的看重。相对而言，李纨这两个妹妹竟是双双落了下风。

芦雪亭争联即景诗，正是李纨的主意，虽没有明说，却是有心希望两个妹妹能稍微出彩。谁知道吃了鹿肉的湘云诗兴大发，玩得兴起，和黛玉等人闹哄哄一片，宝琴亦欢快融入其中，邢岫烟和李绮、李纹等无甚表现。机敏的宝钗看出不妥："方才邢李三位屈才，且又是客，琴儿和颦儿、云儿抢了他们许多。我们一概都别作，只他们三人做才是。"李纨意兴阑珊表示："绮儿不大会做，还是让琴妹妹罢。"李纨之眼光，已看出李绮实在诗才平平。

又做红梅诗，邢岫烟、李纹和宝琴各吟一首，这下不拼急才，只论诗艺，又是宝琴拔得头筹。李纨这时问宝玉，"你可有了？"分明是希望宝玉能压下这个宝琴的光彩啊，谁知宝玉是个不争气的，挤了几句出来，黛玉评他的作品"小巧而

李纹、李绮、邢岫烟

已”。比较下宝琴的红梅诗，浓艳流丽，虽不是上品，却显然高过其他几位。接着贾母又过来，赞宝琴和宝玉站一起和画上人一般，引出宝琴的婚事，听凤姐的话，竟隐约有拉入贾府做婚配的意思。李纨未必想过妹妹能嫁入贾府，但对一同而来的宝琴能如此受宠还是有所介意罢。

从哪儿看出介意呢？前面评完宝琴的红梅诗最好后立马问宝玉好了没有，此是一处。再有就是，贾母提出要做灯谜之后，第二日李纨的表现。李纨因笑向众人道：“让他（惜春）自己想去，咱们且说话儿。昨儿老太太只叫做灯谜儿，回到家和绮儿、纹儿睡不着，我就编了两个《四书》的。他两个每人也编了两个。”李纨何曾这么争强好胜过？她起诗社是积极，却很少逞才，也因知道自己的平庸。如今这么反常，我们且看她这几个灯谜里暗藏了什么玄机。

李纨笑道："'观音未有世家传'，打《四书》一句。"

湘云口快，说是"在止于至善"，观音可不就是善良的化身么？可惜不对。

黛玉猜出谜底：虽善无征。"虽善无征"出自《中庸》，本义是说先王遗留下的教化虽然好，却无从验证。因"征"又有"纳征"之意，也即今天的所说的聘礼，故"虽善无征"也可以理解为虽然人很善良却没有人下聘。对应到这个谜语是说，观音虽善，却无人向她纳征下聘，因此她是不可能传宗接代了。这是明显带有恶意的影射了。在座的姐妹除李纨自己外谁曾经过被人下聘礼？只有薛宝琴啊。

其身欲脩其身者先正其心欲正其心者先誠其意欲誠其意者先致其知知謂知善惡吉凶之所終始也○其知如字徐音智下致知同致知在格物格來也物猶事也其知於善深則來善物其知於惡深則來惡物言事緣人所好來也此致或爲至○格古百反好呼報反○物格而后知至知至而后意誠意誠而后心正心正而后身脩身脩而后家齊家齊而后國治國治而后天下平自天子以至於庶人壹是皆以脩身爲本其本亂而末治者否矣其所厚者薄而其所薄者厚未之有也此謂知本此謂知之至也壹是專行是也○治國治並直吏反下同所謂誠其意者毋自欺

附釋音禮記注疏卷第六十

大學第四十二○陸曰鄭云大學者以其記博學可以爲政也〔疏〕正義曰案鄭目録云名曰大學者以其記博學可以爲政也此於別録屬通論此大學之篇論學成之事能治其國章明其德於天下却本明德所由先從誠意爲始○禮記　鄭氏注　孔穎達疏

大學之道在明明德在親民在止於至善知止而后有定定而后能靜靜而后能安安而后能慮慮而后能得物有本末事有終始知所先後則近道矣明明德謂顯明其至德也止猶自處也得謂得事之宜也○大舊音泰劉直帶反近附近之近古之欲明明德於天下者先治其國欲治其國者先齊其家欲齊其家者先脩

宝琴

书上交代，宝琴命苦，曾经许配梅翰林的儿子，第二年父亲便过身，不便办婚事，便耽搁下来，如今母亲也有了病症。虽然许了梅家，却不知为何滞留在贾家，书中没有明说。要知道贾家是有青年男子的，且日常混迹在一处，毫不避嫌，这对有婚约在身的女子来说，是很不寻常的。说不定，梅翰林家势利眼，见宝琴家父丧母病，起了退婚的念头，也是极有可能，也即前面“不在梅边在柳边”之影射。不管有没有真的退婚，从宝琴停留在贾府的情况看，这桩婚事怕是没有善终。前一天大家刚了解了宝琴的私事，李纨竟然连夜炮制了这样的灯谜，影射无人会再娶宝琴，她不会有子女。这就相当过分了。

李纨还没完，看她第二句，“一池青草草何名”。

宝琴

湘云这次又是抢答，“蒲芦也”。这也未免太直白。一池青草，显然是蒲草和芦苇。这种层次的答案显然不算是解谜，所以李纨不置可否，只笑道：“难为你猜。”这又是个拐弯的谜题了，谜底实际是池水“抱青”——宝琴也。要知道，前一日宝琴穿的衣服——凫靥裘，那是贾母珍藏多年的宝贝，用野鸭子头上的毛编制而成，做青碧色，穿上一身，可不是类似“一池青草”？况且，以池水和水草起兴联想到美人，早从《诗经》就有传统，《蒹葭》：“蒹葭苍苍，白露为霜。所谓伊人，在水一方。”宋代梅尧臣《清池》：“泠泠清水池，藻荇何参差。美人留采掇，玉鲔自扬鬐。”而李纨在这里第二次说宝琴，又特地点宝琴的那件衣服，针对的心思不可谓不明显。

再看李纹的谜题，“水向石边流出冷”。探

春猜出答案——山涛。这回李纨很快肯定，是的。而实际上，山涛是第一层谜底。之所以李纨说李纹、李绮也每人编了两个灯谜儿，用意其实在这里，李纹和李绮的灯谜儿，都是双重连环灯谜，猜出第一层，再猜第二层。我们沿着第一层往下看，山涛是说高山流水，而古典文化中高山流水是遇知音的意思，赞颂俞伯牙与钟子期的珍贵情谊。谜底说打一个人名，则说俞伯牙和钟子期都不大合适，他们总是捆绑出现的，答案仍然是宝琴。《高山流水》是著名的琴曲，宝贵的琴音也。

李绮的灯谜儿，惜字如金得很，单一个“萤”字，打一个字。众人猜了半日，宝琴道：“这个意思却深，不知可是花草的‘花’字？”李绮笑道：“恰是了。”这里作者一笔带过，表面上是宝琴猜出谜题，实则蹊跷：宝琴已经看出李纨针对自己，不动声色掩过了这个灯谜。李绮的这个萤，与“琴”发音类似，且第一天琴儿把自己裹得像个碧绿的萤虫。实则，琴应该是第一层谜底，而“琴”则射花，这是第二层谜底，是因琴衣为草化（一池青草草何名），草（艹）化合二为一即为“花”。宝琴在这里直接跨过影射自己的层次，到第二层答案，实在是聪明。又有黛玉在旁解释："妙的很，萤可不是草化的？”腐草化萤是古人的迷信，这里黛玉用来掩饰尴尬，真是水晶玲珑心肝了。为什么说一定有蹊跷呢，腐草化萤是再浅不过的俗语，宝琴猜的时候却说“意思却深”，明显是领会李纨姐妹的深意了。

一而再、再而三地说宝琴，这个时候，在场所有众人已经能感觉出李纨不妥了。宝钗先站出来打趣：“这些虽好，不合老太太的意。不如做些浅近的物儿，大家雅俗共赏才好。”众人都道：“也要做些浅近的俗物才是。”厚道人想要划过此节去，心直口快的湘云却不依了，她满心参与猜谜游戏，玩得兴起，谁料这个宫裁居然这样小肚鸡肠，句句要点宝琴，自己还十分喜欢宝琴，哪里能忍住？她是首先发难的。只见湘云想了一想，笑道：“我编了一支《点绛唇》，却真是个俗物，你们猜猜。”说着便念道：

溪壑分离，红尘游戏，真何趣？名利犹虚，后事终难继。

这也是诛心之谜了。在座的姐妹，谁尝过溪壑分离的滋味？与丈夫天人永隔，红尘如梦，还有什么趣味？贾兰还小，现在说名利都是虚的，后事还不知道怎样呢，能不能继承家业也是未知

湘云

数。句句扎心窝子，偏偏还要说，这支《点绛唇》谜底是个俗物，分明是说宫裁的嘴是个俗物，颠来倒去揪着人不放。

众人的表现就很精彩了，有猜“和尚”，这是在劝二人“和为上”；有猜“道士”，这是为宫裁辩解“道事不道人，没有针对宝琴”；还有说“偶戏人”，则是说这个嫂子素来厚道，只是偶尔戏弄人。都是聪明人，知道适可而止，宝玉笑了半日，笑这些女孩子们个个心思难猜，终于想出个打圆场的谜底——猴子。湘云也收手，首肯了这个答案。至此，这场戏弄似乎可以翻篇了，而受到如此讥讽的李纨，却不肯了，或许是为了赌气，李纨执意要宝琴来编几个灯谜，宝琴什么表现呢？她低头含笑，自去寻思。

宝钗身为宝琴的姐姐，同气相连，自然不想自家妹妹和李纨闹得太难看，也不想湘云再发难，此时不由得出面调停。她出来说了一个灯谜，也即前面提到的“镂檀镌梓一层层”，射明孝陵。而此时再去看，便能看出另外的意思：虽是半天风雨过——虽然在这扯了半天风风雨雨的，何曾闻得梵铃声？——何曾从李纨那里听到和平的声音？又通过“镂檀镌梓一层层，岂系良工堆砌成？”来要求“林示”。宝玉坐不住了，不能眼看着这帮姐妹暗自剑拔弩张啊，于是也匆忙制了一个谜：

天上人间两渺茫，
琅玕节过谨提防。
鸾音鹤信须凝睇，
好把唏嘘答上苍。

这是在说李纨遭遇，年纪轻轻就已经和丈夫人间天上两渺茫，“琅玕节”是道家的节日，也是传统的七夕，这句是说过七夕的时候也要提防不能过度伤感。也许能冥冥中感应到些许天上来的鸾音鹤信，少不得又是对着上苍唏嘘自己的命运一场。宝玉心里是很敬重这个青春孀居的嫂子的，见不得宝钗拉着林黛玉一起来警示李纨。这首说得太直白，谜底风筝已经不重要了，提“琅玕”却是无意暗合了黛玉雅号“湘潇妃子”的竹，也是冥冥中为将来他和黛玉的结局做了谶语。

黛玉这时却不理会，已经吟成一首，也就是上面那首“騄駬”，表示谜题我看懂了。同时又表示，李纨这个人平时不声不响，此时突然这么奔放肆意，恶意狰狞，但是不用担心，这场风云就好像有主人指示般发动，自然也有能镇住风波

李氏姐妹

的家什。黛玉这个人，恃才傲物，目下无尘，唯一能和她才气匹敌的宝钗主动邀约，她怎么能不立马吟出一首气势雄奇的诗来回应？是好强，也是天真，容易得罪人也是真。同时她能看出这场风波也不过就是姐妹间的小龃龉，不用理会，因此并没有理会宝玉的着急上火，实在是通透人。

至此，我们便明白了这场灯谜的缘起为何。但《红楼梦》的作者想通过这场云里雾里的猜谜说什么，除了李纨的曲折心思外，李纹、李绮姐妹并不完全是摆设，一绮，一纹，合起来便是“奇文”一篇。奇文为何？我们接着看。

李花

第四篇　薛小妹的奇文灯谜

《红楼梦》作者命名的含义，已经被人阐释过很多，尤其是十二钗的名字，以及名字与名字间的呼应，这里不再细说。不仅主要角色的名字多深意，宝玉丫鬟的名字也是各自成对呼应，如秋纹对碧痕，绮霰对晴雯，袭人对媚人，檀云对麝月，春花秋月，晴风皓雪，一派自然美景。连偶尔出场的李家姐妹，都是“奇文”一篇。这里的奇文，其实就是在说这一部分的各种灯谜，包括薛小妹的怀古诗。

薛小妹的怀古诗，一方面是在应对李纨的戏弄，一方面也暗含了作者的深意，就如宝钗黛做的灯谜，虽则各有态度，实际上也是作者借由人物声口在搭建自己的布局。宝钗的灯谜诗谜底为何莫衷一是，有说香炉，有说松球，笔者说是地下禁宫，都能圆得过来，但这首诗，其实也是暗示了宝钗在婚姻中的命运，外人看来是天造地设的一对，锦衣玉食住高楼，实际和自己的丈夫没有共同语言，日子过成无波古井。宝玉那首暗示了将来和黛玉的生离死别，黛玉的灯谜则释放了自己叛逆和艳压群芳的野心。如此看，薛小妹的怀古诗，就不仅是简单拐弯呼应宝钗和黛玉的灯谜来针对李纨那么简单了，而是别有怀抱。来看她的第一首怀古灯谜诗：

赤壁怀古　其一

赤壁沉埋水不流，
徒留名姓载空舟。
喧阗一炬北风冷，
无限英魂在内游。

诗咏赤壁之战，着重强调战后惨烈。这首灯谜完全不像闺阁女儿做的，阴冷悲怆，宝琴在这里是有情绪的，她本来和众姐妹相处愉快，如此受欢迎，却冷不丁被贾家有身份地位的女性如此排揎。猜谜猜的都是什么啊，刚刚还喧阗热闹，转眼内心就有北风冰冷。除了感受这个情绪，既然是灯谜，我们还是要猜谜。谜底为何？答曰红灯笼。赤壁，可以从字面去理解，红色的立面，也即灯笼外衣。里面是沉埋着什么水不流动呢？答曰烛泪，蜡烛燃烧后的烛泪沉到灯笼底部汇集，流动的痕迹还在，却颓然不能动了。曾经被这些灯笼照耀过的新鲜脸庞，或者说画在灯笼壁上的人物，也终将逝去。热闹的场景像花火，燃烧的时候煊赫一时，北风吹来的时候，灯笼里面烛火摇摇欲坠，就跟有英魂在游动一样。

红灯笼一般是元宵节使用，而元宵节在《红楼梦》中有强烈的象征意味。在书的开头，预示着贾家命运的甄士隐一家，命运的转折点正是在元宵节灯火。甄士隐的女儿甄英莲，被家里霍起抱着去看灯，被人拐走，接着甄家又逢火灾，就此败落。如果此灯谜和前面一样，也是连环谜中谜，猜人名，则谜底当是甄士隐了。

宝琴在这里，第一首诗就如此伤感，固然和自己心情及怀古诗的整体基调相关，但也预示了作者对家族命运的警示，“甄士隐”的故事，何尝又真事隐去呢，甄士隐后半生都希望能找到丢失的甄英莲，不管是暗示姑娘命运“应怜”，还是提醒读者要仔细“甄别因果联系”，都是极具暗示内涵的。

第一首灯谜既然点到甄士隐，那我们就回到《红楼梦》开头再看：

此开卷第一回也。作者自云：因曾历过一番梦幻，故将真事隐去，而借“通灵”之说，撰此《石头记》一书也。故曰“甄士隐”云云。

我们前面说过，作者玩这些文字游戏，假假真真，但实际意蕴都是真实的，情感也是真实的，内在的逻辑也是真实的，真相和假相其实长相一样，这就是作者的奇文。作者这么直白地说，我隐藏了真相，下面写的都是胡说八道。表达是表达者的权利，但谁要是真信了作者的表达，就大错特错了。这段表述，其实很多小说都常见，白话小说与市井说唱关系非常大，为了吸引人注意，说书人往往会故意设噱头，危言耸听或者夸大其词，上来先引名人故事，或者街坊传闻，再演说一段曲折情节，说的有鼻子有眼，偏偏还要说是道听途说，不足为凭，玩一套真真假假的语言游戏。而观众不会理会这些说辞，他们需要的，是有趣的故事和生动的人物。说白了，故事是假的大家都知道，但故事中的悲喜都是人间真实上演过的或可能发生的，故事中人物的命运也是可以相信的。观众或者说读者，在虚假的故事和人物身上，体会到了真实的人生和情感，这就是小说的真假逻辑与观众的接受心理。观众需要甄别真假么？需要也不需要。作者说我要隐藏真相，有苦衷，有很多说不明白的事，这些都是对读者的提示词，读者愿意去探寻，那么就接住作者抛来的谜团，细细拆解。如果只要看故事，那么这些故事也是耐人寻味的，有深沉宽广的意蕴，读者在其中获得的体验，也都是真实的。

为了吊读者的胃口，作者不仅起这些“甄士隐”“贾雨村”的名字，“贾宝玉”之外又有“甄宝玉”，还要给“甄士隐”的夫人起名叫封氏。封是什么意思？是捂住、盖住，不使显露，呼应了将真事隐去的表述。作者这样反复地强调，正是在引诱读者对他的文本进行抽丝剥茧的解读。在这些引而不发的灯谜中，正是作者封住的部分真相。

“真假”宝玉

第五篇 怀古怀的是什么

我们继续看宝琴的灯谜诗。前面已经说过第一首和第二首，接着看第三首：

钟山怀古　其三

名利何曾伴汝身，无端被诏出凡尘。
牵连大抵难休绝，莫怨他人嘲笑频。

钟山位于南京市区东北方，三国东吴时名为“蒋山”，迄今还有蒋王庙。钟山风光优美，山势蜿蜒矫健，形似游龙，有“虎踞龙蟠”之称。这里薛宝琴用的是南齐周颙的典故，确切说，用的是孔稚硅以周颙为讥讽对象的《北山移文》。诗意大概说周颙本来隐居不仕，视名利如浮云。忽而受诏出山做官，招惹是非，牵连不绝，但这是自己的选择，也不要怪他人嘲笑吧。历史上的周颙，一生仕宦，并没有隐居钟山又受诏复出的事，孔稚硅的《北山移文》只是虚拟了一个事来讽刺那些沽名钓誉的人。

这首怀古诗，大家应该可以很明显看出来是在影射李纨。薛小妹也是个妙人，自己的几首怀古灯谜，第一首写自己心境，第二首呼应宝钗、黛玉等人，第三首终于亲自上阵，直指李纨。既然大家都支支吾吾，作为一再被针对的当事人，却是终于忍不住了。

宝琴这首灯谜做得甚直白。第一句“名利何曾伴汝身”：真是刺到李纨心尖上，李纨贵为贾府嫡长子之正妻，本来地位尊崇，又有家世。奈何丈夫早亡，妻凭夫贵的梦想破灭，在贾府中不过打理闲杂，与妯娌王熙凤管家奶奶的地位不可同日而语。故而宝琴说这些名利何曾跟你有关呢？

“无端被诏出凡尘”：既然外在名利与尔不相关，这次却无端数次乱点名，好似高高在上的仙娥落到这烦恼遍地的凡俗中来，非要惹得一身麻烦。

“牵连大抵难休绝”：落了凡尘，受些牵连自然是免不了的。贾府中人事如此复杂，你不声不响的时候也罢，一旦有了争名夺利的心思，自然免不了牵扯进复杂的人事中。

“莫怨他人嘲笑频”：争端因你而起，主动挑衅在先，也就不要怪被在座各位姐妹频频嘲讽了。

李纨

然而我们知道，薛宝琴的怀古诗，至少有三至四层意蕴，一层是诗本身，一层是灯谜，一层是灯谜外所指，一层是作者想表达的东西。这首《钟山怀古》，明里说周颙，灯谜外是暗讽李纨，而灯谜层面的谜底，却也值得一猜。《钟山怀古》的谜底是什么呢？答案曰薛蟠。钟山者，龙盘虎踞，至今钟山附近还有龙蟠路。而薛蟠之薛，为草辟——草头君主，是为龙，蟠龙之龙，龙蟠也。作者射这样的谜底，其实意不在薛蟠，而在龙蟠，即明孝陵。如此看来，则又双重呼应上了黛玉、宝钗二人的灯谜。由此看来，这十首灯谜，层次是非常丰富的，经得起一层又一层的解读。读者如果只是停留在猜人名或者俗物的阶段，是很难知道作者真正所指的。

而这十首怀古，都是以地名系历史事件，以

历史人物起端咏之。只有最后两首，薛宝琴一时得意，夹带私货，差点下不来台。宝钗见多识广，先说道：“前八首都是史鉴上有据的，后二首却无考。我们也不大懂得，不如另做两首为是。”黛玉忙拦着：“这宝姐姐也忒胶柱鼓瑟、矫揉造作了。两首虽于史鉴上无考，咱们虽不曾看这些外传，不知底里，难道咱们连两本戏也没见过不成？那三岁的孩子也知道，何况咱们？”探春也说：“这话正是了。”

真是热闹，宝琴一边讥讽人，一边卖弄见识和才学，宝钗却是晓得其中利害，已经因为出众得罪了人,再这样伶俐高调恐怕会招致更多风波。黛玉却是看热闹不嫌事大,跳出来要宝钗别遮掩，只是这丫头，也暴露了自己也看这些闲曲戏文。李纨此时抓住这个机会，自然不肯放过，前面啰里啰嗦东拉西扯了一番，末了说：“况且又并不是看了《西厢记》《牡丹亭》的词曲，怕看了邪书了。这也无妨，只管留着。”可真是此地无银，明摆是指出了薛宝琴就是看了闺中女儿不该看的“邪书”。宝琴得意忘形，让李纨借机打了一个反击战，宝钗也只能“罢了”。这场风波双方各有胜负，然而结局正如黛玉所预料，看着暗潮汹涌，不过是女儿间小打小闹，最终消弭于无形。

风波是消弭了，作者想用灯谜来反复申说的内容，不能不被注意。如《赤壁怀古》，谜底是灯笼，引申为故事开端的甄士隐往事；《交趾怀古》，谜底是明孝陵，同时也呼应宝钗、黛玉的灯谜。而我们一开始说的《梅花观》怀古，谜底则是私单，引申为明孝陵。可知这十个灯谜，互相纠缠呼应，互为谜底引申。而第九首《蒲东寺怀古》，则也是意蕴无限：

小红骨贱一身轻，
私掖偷携强撮成。
虽被夫人时吊起，
已经勾引彼同行。

我们知道，这是说的《西厢记》中张生与崔莺莺的故事，以“拷红”一出为谜面，谜底是针线，小红可不是穿针引线么？诗文说小红骨头轻贱，居然干出私带男客撮合和小姐成事的勾当，虽然被夫人吊打，但已经木已成舟。其实，作为闺阁女儿，这首诗作得是相当出格的，难怪宝钗紧张。《西厢记》原典出自唐代元稹小说《会真记》，有说这是元稹自况，暂时不去管它。这里我们提原典，正是因为这首灯谜要从原典里去猜。会真，会的什么真相？乃借“挎红”讥讽偷期密约的奇文（绮纹）往事也。薛宝琴敲打过了李纨，自然也不会放过和李纨一起的绮、纹姐妹。在与薛宝琴的几次才华较劲中，李氏姐妹双双居于下风，可也居然敢跟着寡嫂，捏造些拐弯的谜题来针对宝琴，宝琴自然记着，在这里不惜用这么大胆的题材来“挎打”一番。

我们漫无边际地乱猜一番，却也真的摸到点作者想说的“奇文”。当然，作者这么高明，一个灯谜不会只停留在针对李氏姐妹的层次，而是真的想隐喻一段“奇文”。

花開姊妹拜芳姿白雪紅梅得句
遲畢竟六朝佳麗地座中無客不
吟詩蛾眉不是為觀光萍水相
逢引興長料得聯牀風雨夜一窗
鐙火話家常
顧頃波題

清人题写李纹、李绮姐妹

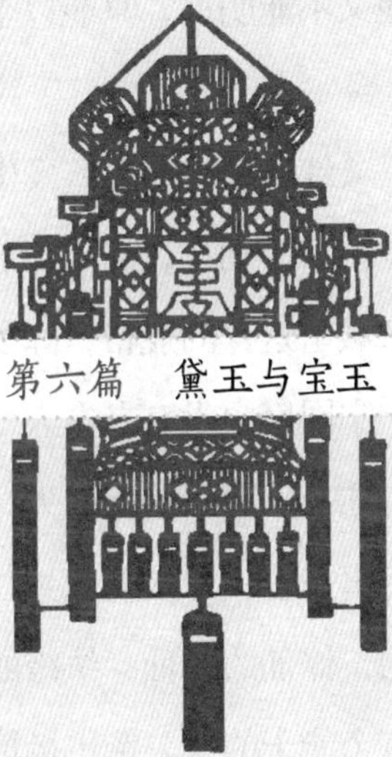

第六篇　黛玉与宝玉

作者以闺阁女儿戏谑人，交代了一番宫裁李纨被暗自针对的风波和由来，设了一堆没有给出答案的谜题，互相连环勾连，迷雾重重，当然不是只是想说李纨而已。实际上，李纨只是作者设的一个障，作者真正想说的，仍然是明孝陵。不过他又不能明说，只能以李纨的遭遇编排一下。

《红楼梦》故事，发生在宁国府、荣国府。宁是南京的别称，那宁国府，即是南京的国府，南京城里这样的规格，除了明故宫也就是明孝陵了。宁国府中没有老夫人，只有几位老爷当家，带着几个年辈轻的女主人。从尤氏、秦可卿的做派行事来看，宁国府是男性当家，且也都是不成器的，修仙的修仙，纨绔的纨绔，偌大的府邸竟没有个能干的人。倒也挺像明代后期整个社会的状貌，外表光鲜，内在破落。而我们要注意到，康熙皇帝曾经六次巡视江南，每次到南京都去祭祀明太祖陵墓，发表祭祀文告，举行大礼，称赞朱元璋的政绩超过唐宋。其政治目的，在于安定社会，消除满汉隔阂，以使清朝政权得到汉族人民的广泛拥护和支持。宁国府里的“演化敬珍蓉”等上下男丁，名字合一起，便有端倪——演化康熙皇帝祭祀明太祖陵墓，敬立治隆唐宋碑的真容——政治作秀，收买人心。治隆唐宋碑固然是颂扬，可也是建在墓地里的通灵之物。尤其是曹家领会了康熙帝的意思，将“治隆唐宋碑”建在屋宇之内，就更像是一座灵堂了。这其中政治意味太过明显，等于昭告天下：以唐、宋、明为典范的汉人统治天下的中央政权，在历史上威名赫赫，但是它已经死亡，仅供瞻仰。清朝即将开辟的，是优越于历代各朝的盛世。

荣国府这边，是主要人物故事发生的地点，对荣国府的描写展开，是从林黛玉进府时这个外来人物眼中的所见所闻写起。这里自有缘故，有人说林黛玉是主要人物，那贾宝玉也是，为什么不从贾宝玉成长说起？还是来看林黛玉的特殊之处。黛玉是绛珠仙子，仙女下凡历劫，父亲名叫林海，表字如海，苏州人士，祖上都是列侯，任巡盐御史，肥差。母亲贾敏，是贾母的爱女，不幸早逝。可以留意下，这夫妻二人名字中，都带一个“每”字，这在提示黛玉的身份。黛玉是木性，与“每”字便合为“梅”。黛玉生于阴历二月十二，花神节，与花袭人同日生辰，此时南京正是梅花开放、花气袭人的时节。因为是花神，所以她既是绛珠仙草，又是芙蓉，又会葬花，婢女一个紫鹃一个雪雁，与她正是花鸟组合。其实她与梅花也关系匪浅，身为金陵十二钗之一，她虽然出生在姑苏长在维扬，却也可以象征钟山上梅林如海的梅花山——正是在明孝陵的隔壁。换句话说，黛玉是明孝陵附近诞育的梅花仙，来到荣国府看看这个繁华世界是如何长久“荣”下去，是由明入清。所以宝玉和她的爱情，最后是“终不忘，世外仙株寂寞林”，那片林子，正是梅花山啊。而作者的“终不忘”之词，就不可多说了。

说到这里，读者自会联想，为什么金陵十二钗中，偏偏是李纨与明孝陵关系莫逆，这个清流世家出身的温厚女子，到底是哪里非凡？除了姓名表字之外,还有个关键点在于她是贾珠的妻子。珠者，朱玉，明朝国玺也，而今已是一块灵牌，就如治隆唐宋碑一样，象征着逝去的明王朝。李纨作为贾珠的未亡人，也即明孝陵守灵人。而贾珠的弟弟宝玉，是个非圣无法的混世魔王，正是生机勃勃清王朝的象征，正因如此，他是荣宁二府玉子辈子弟中地位最尊崇的，宝贝疙瘩没错了。贾珠、宝玉的母亲姓王，意义也在此，王之母也。

黛玉与宝玉的爱情，也因此充满了隐喻意味。黛玉是贾府破败的见证者和旁观者，她的花仙秉性，使她聪慧灵秀，又孤高单纯，在贾府中是那么格格不入。她整个人，她的生活和遭遇，是完全没有沾染世俗气的，我们可以看到，她来尘世走一遭，有强烈的宿命感，当因果完证，尘缘了尽，便弃世而去。而宝玉则是贾府内部的反叛者与食利者，他虽然成日胡闹，看不起虚伪狡诈的官场习气，恨不得天天和姐妹玩耍，不理世事，但是他到处有特权，备受宠爱，正是因为他出身在这样的家庭里。这有点像清王朝刚入主

黛玉

中原，塞外民族天生爱自由，瞧不上汉族那些文弱习气，可后金民族本身的发展壮大，就是从汉化开始的，统治者所鄙视的，又不得不是自己所要依赖的。贾宝玉也是这样的困境，这种从根本上与旧势力的无法割舍，注定了他人生探寻历程的必然回转，转到曾经痛恨的仕途经济上来，所以才有贾宝玉的最终中举。

宝玉的原型，那个无才补天的石头，在尘世间化作一块通灵宝玉，而其内在，终究是顽石一块，不肯妥协。作者在宝玉身上有太多寄托，宝玉在太虚幻境中所见十二钗判词种种，除了隐喻各色女子的最终命运外，有的也藏着对宝玉命运的各种提点。如香菱判词：

宝玉

根并荷花一茎香，

平生遭际实堪伤。

自从两地生孤木，

致使香魂返故乡。

荷花、菱花，俱生于池沼。池沼中除了花草，还有各种动物，比如鱼虾，比如青蛙、蟾蜍，正是蟾宫。而蟾宫里出来这朵香菱，最终折于夏金桂之手，正是“蟾宫折桂”。再如：

清明涕送江边望，千里东风一梦遥。

暗示探春有才无运，远嫁离家。画面则是两人放风筝，一片大海，一只大船，船中有女子掩

香菱

面泣涕。船中女子自是探春，岸上放风筝的人，其实其中一个也是探春，她做过风筝灯谜：

阶下儿童仰面时，

清明妆点最堪宜。

游丝一断浑无力，

莫向东风怨别离。

另一个，却是宝玉。七十回桃花社时，一只蝴蝶风筝挂在树梢，吓了大家一跳，唯独宝玉认得出来，并起劲喊大家放起风筝来。谁知有个赖大娘送的大鱼风筝已经被晴雯放走，袭人遂连忙把今天林大娘送的美人风筝拿来给宝玉玩耍。这些婆子妈天天送风筝，可见宝玉喜欢。林黛玉亲自放了风筝，也意味放手与宝玉的情缘万缕。还

探春

有一个证据就是，在探春远嫁之后，宝玉失玉，再入太虚幻境，再见到上次的图画诗句，有张图上只有一个放风筝的人。两人变成一个，因为探春已经远嫁了。则探春判词中“千里东风一梦遥”，何尝不是在说这一切都是宝玉的大梦一场。

宝玉顽愚么？其实并不。在他回太虚幻境时，又看到“虎兕相逢大梦归”，便知道是说元春。作者在元春的判词里，还埋了一个机关：

二十年来辨是非，

榴花开处照宫闱。

三春争及初春景？

虎兕相逢大梦归。

相对于其他的家族成员，元春是贾府兴衰荣辱系于一身的最关键人物。元春正式出场只省亲一次，读者看到的是一个天家贵妇的标准形象：富丽堂皇，表面荣光，内藏哀怨。真正的元春是何性格，在宫中什么遭遇，如何年纪轻轻就去世，都不甚了了。只有这首判词，可以稍作推断。二十年来辨是非，元春大约二十岁时被选入宫中，在复杂的后宫生活，自然要学会明辨是非，权衡周旋，保住自己与家族荣耀。经营许久，终于有出人头地的时刻，三春妹妹的光景自然比不上她，然而鲜花着锦之时骤然离世。到底是虎兕相逢，还是虎兔相逢？都有说法。若是第一种，则是暗示元春是两派政治斗争的牺牲品；若是第二种，则是交代去世的年月——寅卯之交，或者寅年卯月。笔者倾向第一种。元春判词旁边的画可以佐证：画上是一张弓和一个香橼，自然隐喻

“宫”“元”，而有弓自有箭，箭已射出，故不在画面中。射向哪里？判词本身不就是个谜么？射向真正的谜底啊。也即说，元春撞破或者说猜到了宫中秘事，故而“大梦归”——大梦初醒之时也即丧命之时。

元春

后记

《红楼梦》小说太伟大，笔者也是乱七八糟猜了一通，贻笑大方罢了。本想将薛小妹这十首怀古诗一一拆解，奈何年事已高，这些年光琢磨这几首，已有迷惑之感，时常也觉得恐怕是臆想。剩下几首，如果我与《红楼梦》尚有机缘，可待来日。再次说明下，笔者是个普通工人，没有什么学问，也没有经过什么专门的学术训练，所思所想全是自己闭门造车。但凭着多年对《红楼梦》的喜欢，总是想拿出来与人分享，心里也知道这些想法在专家眼里可能是天方夜谭，可年过花甲后，也活成了顽石一块，这种分享的固执，成了一个心结挥之不去，故而有了这样一个小册子。借着这个小册子，笔者诚恳地接受各方的批评与意见，欢迎交流。

猜谜之余，笔者也做了作业，写了六个灯谜习作：

1. 谜面：身在封肃处，有口不能言。传情是否有头绪，还请两回头。——猜一字。

谜底：查。

2. 谜面：一生步步念曾经，经说历历观世音。音调潺潺渡士隐，隐奏悠悠候子期。——猜《红楼梦》一人名。

谜底：琴儿。

3. 谜面：翻弄书籍解闷，眉目清明撷花。谁能入我门来，与我成为一家。——猜两字。

谜底：交心。

4. 谜面：考灼会真拜观音，一下跌进

壑溪里。一半觐来一半痴，端的相逢情可清。——猜两字。

谜底：见知。

5. 谜面：雨中知了叫，预报晴云到。水里一芙蓉，有点像警灯。——猜《红楼梦》一谐音人名。

谜底：秦可卿。

6. 谜面：口若悬河主云雨，引舌取水取可清。先茶后酒莫轻视，吃过了再访巫言语。——猜《红楼梦》一物件。

谜底：通灵（宝玉）。

六个谜底恰好合成一句话——查琴儿交心，知可清通灵。

博君一笑。

可卿，可清？

图书在版编目（CIP）数据

看灯谜　辨是非：红楼梦灯谜漫谈／王建新著. —— 南京：凤凰出版社，2020.5（2024.10重印）
ISBN 978-7-5506-3119-9

Ⅰ. ①看… Ⅱ. ①王… Ⅲ. ①灯谜－汇编－中国－当代 Ⅳ. ①I277.8

中国版本图书馆CIP数据核字(2020)第066215号

书　　名	看灯谜　辨是非:红楼梦灯谜漫谈
著　　者	王建新
责任编辑	吴　琼　徐　慧
书籍设计	徐　慧
责任监制	程明娇
出版发行	凤凰出版社(原江苏古籍出版社) 发行部电话025-83223462
出版社地址	江苏省南京市中央路165号,邮编:210009
照　　排	南京新华丰制版有限公司
印　　刷	唐山楠萍印务有限公司 河北省唐山市芦台经济开发区场部
开　　本	787毫×1092毫米　1/32
印　　张	4.5
字　　数	50千字
版　　次	2020年5月第1版
印　　次	2024年10月第2次印刷
标准书号	ISBN 978-7-5506-3119-9
定　　价	47.00元

(本书凡印装错误可向承印厂调换;电话:022-69381996)